读诗吧
DU SHI BA

戴望舒与他的诗

戴望舒 著

山东城市出版传媒集团·济南出版社

图书在版编目（C I P）数据

戴望舒与他的诗 / 戴望舒著. -- 济南 : 济南出版社，2017.11（2021.7重印）
（读诗吧）
ISBN 978-7-5488-2864-8
Ⅰ. ①戴… Ⅱ. ①戴… Ⅲ. ①诗集－中国－现代 Ⅳ. ①I226
中国版本图书馆CIP数据核字（2017）第286423号

出版人 崔 刚
责任编辑 李建议 雷 蕾
责任校对 李梦肖
装帧设计 李梦肖
出版发行 济南出版社
地 址 济南市二环南路1号
编辑热线 0531-67883204
发行热线 0531-86131728 86922073 86131701
印 刷 阳信龙跃印务有限公司
版 次 2017年11月第1版
印 次 2021年7月第2次印刷
成品尺寸 150mm×230mm 16开
印 张 9.5
字 数 103千
印 数 1—10000册
定 价 38.00元

Preface——编者记

诗歌在中国历史上源远流长，绵延数千年，它犹如一颗颗璀璨的星，为你照亮过去，你可以肆意地徜徉在诗歌的长河中，感受世间美好。早在西周至春秋时代，我国诗歌就已产生了大批辉煌篇章，从先秦时期的《诗经》、战国后期的楚辞（骚体）、汉代的“乐府”诗，到诗歌黄金时代的唐诗宋词，一句句、一首首，无不诉说着诗人的家国情怀，或壮志凌云，或豪气冲天，或委婉悠扬，又或者更像是某人的细细耳语。诗人其实是告诉我们在人生成长道路上“勿忘初衷”，别忘了自己曾有一颗纯真“诗心”。

其实每个人的身体里都住着一个爱读诗的灵魂，只是我们在忙碌中总将它遗忘。《读诗吧》系列读物存在的意义就是为了唤醒国人沉寂已久的“诗魂”，就像央视节目《中国诗词大会》命题人之一方笑一先生在节目结束后说：“诗词的盛宴终将散去，激烈的比赛终将落幕，接下来正是翻开书卷，静心读诗的时候了。”

自1917年开始，《新青年》发表胡适的《白话新诗八首》作为中国新诗的开端，新诗的发展已有百年。自此以后与古体诗相对应的新诗这一诗歌形式便不断发展，形成了不同的诗歌流派，按照新诗发展的历史，我们邀请相关专家精选我国现当代文学史上具有巨大影响力的诗人的代表作，凝聚成《读诗吧》系列。我们怀着一份敬畏、一份使命，希望将这些经受住一次次严格的检验和磨洗之后的作品传承下来。

首先，我们精选了胡适、闻一多、戴望舒、徐志摩、林徽因等七位新诗诗人的经典名作。优中选优，为读者奉上第一季的书目。

其次，本套丛书将按照“诗人与诗”的编写体例，摘录诗人的生平资料，选用诗人各时期珍藏的图片，置入书中，与所选诗篇形成呼应和对比，让读者更近距离地了解诗人和理解诗歌内容。

再次，为丰富读者多层次的阅读需求，加入“朗读者”，邀请专业配音人员，以诗配乐朗读的形式呈现部分经典名篇，扫描二维码即可收听。并在书末加上了“诗抄”，形成了可读、可听、可写的新型诗集读本。

希望《读诗吧》能成为现代社会一股清流，充当起心灵导师的作用，并引导我们重新审视自己的生活，看看我们是否距离经典、距离文字太远了？

文字的力量，久违了。就让我们在一个慵懒的午后，看庭前花开花落，望天上云卷云舒，泡一杯陈年普洱，相约《读诗吧》，重新体会它、感受它……

目
Contents
录

关于 诗人

关于 诗

戴望舒

Dai
Wang
Shu

关于 诗人

不在“雨巷”的“雨巷诗人”

刘新／文

不单是真实，亦不单是想象

戴望舒，原名戴朝寀，望舒是他的笔名，来自屈原《离骚》“前望舒使先驱兮，后飞廉使奔属”，望舒是神话传说中替月亮驾车的天神，美丽高洁，温柔大方。戴望舒以此为笔名，不仅侧面反映出他受古典诗词影响较大，也在一定程度上代表了他的艺术追求。戴望舒生前出版四部诗集，共计诗歌99首，加上后来发现的4首佚诗，一共103首，而且多是短诗。相比起同时代其他诗人，他写得确实少，不过也写得确实好，因此越来越多与他同时代的诗人的作品变得只具有学史价值，而戴望舒还依然被人频频提起。

据好友杜衡回忆，戴望舒写诗大概开始于1922年到1924年间，也就是17岁到19岁之间。每个青年都是天生的诗人。当时朋友中，和戴望舒同时写诗的还有杜衡和施蛰存，但渐渐地他们都不再写诗了，而只剩下戴望舒还坚持写着，并在诗艺上不断探索不断进步，一直到他逝世。他写诗没有匠气，从不生写、硬写，有了灵感，也许援笔立就；没有灵感，就宁愿一个字也不写。他真正意义上被自己所承认的处女作是1926年发表在《璎珞》上的《凝泪出门》，时年21岁。这首诗后被收录在戴望舒第一本诗集《我底记忆》中《旧锦囊》一辑中。

昏昏的灯，
溟溟的雨，
沉沉的未晓天；
凄凉的情绪；
将我底愁怀占住。

——《凝泪出门》

如今看来，《凝泪出门》当然略显稚嫩，但并非全无可取之处。就以所选一节而言，诗句结构整齐，音韵和谐，读来颇具美感。这首诗，包括收录在《我底记忆》中的另外十几首诗歌，在一定程度上都反映了戴望舒早期诗歌的审美倾向。这个时期他受传统诗词影响较大，在诗歌形式上追求古典美、音乐美，“努力使新诗成为跟旧诗一样地可‘吟’的东西”；同时因为受西方象征派诗人的影响，意象朦胧、含蓄；而在内容上，多写个人的孤寂心境，感伤气息较重，如：

可知怎的旧时的欢乐
到回忆都变作悲哀，
在月暗灯昏时候
重重地兜上心来，
　　啊，我底欢爱！

——《可知》

欢乐只是一幻梦，
孤苦却待我生挨！

——《生涯》

这最后一点颇为论者所指摘，而他自己后来也逐渐摒弃不用。戴望舒在《诗论零扎》中讲到自己的诗歌，说他的诗是“由真实经过想象而出来的，不单是真实，亦不单是想象”。这其实在一定意义上决定了戴望舒的写作风格，浪漫也好，象征也好，他注定要写熟悉的生活。因此他早期作品大多关注个人的爱情和理想，诗风苦闷、感伤气息浓重；后期诗作则转向对民族命运和未来美好生活的关切，诗风也变得明朗、沉挚：这与作者自身经历和社会环境的变化有很大关系。

不在“雨巷”的“雨巷诗人”

撑着油纸伞，独自
彷徨在悠长，悠长
又寂寥的雨巷，
我希望逢着
一个丁香一样地
结着愁怨的姑娘。

——《雨巷》

提起戴望舒，当然不能不提《雨巷》。这是他的成名作，也是他早期的代表作品之一，更曾是他一度想要摆脱的影子。戴望舒年少成名，《雨巷》写成于他22岁那年的夏天，次年投稿《小说月报》，时任编辑叶圣陶见稿后大为赞赏，立刻写信给戴望舒，称许他替新诗的音节开了一个新的纪元。因为叶圣陶先生的欣赏，戴望舒一夜成名，从此被称为“雨巷诗人”。

戴望舒曾说：“诗的情绪不是用摄影机摄出来的，它应当用巧妙的笔触描出来。这笔触又是活的，千变万化的。”这在《雨巷》一诗中体现得尤为明显。全诗七节，每节六行，节奏舒缓，首尾相扣，生动地刻画了雨中独步的诗人形象和一个丁香一样的姑娘形象。长短变化的语句中间，ang韵反复出现，情绪流淌，犹如音符，将现实和梦幻交织在一起，一唱三叹。读完全诗，你分明就是在雨中，就是身边飘过一个丁香一样的姑娘，就是哀怨，哀怨又彷徨。

《雨巷》一诗展现出来的诗境的朦胧性和语言的音乐性，一方面来自于古典诗歌的影响，特别是晚唐诗人诗歌的华丽和隐秘，对戴望舒影响甚大，丁香这一意象更是和“芭蕉不展丁香结，同向春风各自愁”等抒情传统遥相呼应；另一方面，他又深受法国象征主义诗人影响，诗歌往往含有深层的象征意义，《雨巷》就常被解读为对理想的追索以及对当时白色恐怖的控诉。这两方面交织，最终构成了戴望舒独一无二的诗歌风格。

《雨巷》带给了诗人荣耀，却并未束缚住诗人求新求变的脚步。《雨巷》之后，戴望舒开始逐渐摒弃之前类似于格律诗书写的写作风格，他开始更为随意自然地抒情，不再刻意追求句式的整齐、平仄的协调，真正解放了诗句。他在《论诗零札》中讲“诗不能侧重音乐，它应该去了音乐的成分。”这揭开了他写作的另一页，它逐渐将散文的写法引入诗歌写作中，用平淡朴素的叙写抒发深沉真挚的情感。

走六小时寂寞的长途，
到你头边放一束红山茶，
我等待着，长夜漫漫，
你却卧听着海涛闲话。

——《萧红墓畔口占》

以此诗为例，诗人并未直接抒写自己对萧红的怀念，而是通过描写，形成两组对比，“走六小时寂寞的长途”只为“到你头边放一束红山茶”，情感之真挚跃然纸上；而最后两句，生者与逝者，“等待”与“卧听”，“长夜漫漫”（当时中国处于抗日战争的艰难时刻）与“海涛闲话”，无限的时间和空间之感，读来令人感慨万千，不尽回味。

如果生命的春天重到

抗日战争爆发后，戴望舒转至香港主编《大公报》副刊，多次撰文宣传革命。1941年，香港沦陷，第二年春天，戴望舒被日本宪兵逮捕入狱。在狱中，他受尽酷刑的折磨，但他并没有屈服，在牢狱里写了《狱中题壁》和《我用残损的手掌》等诗。

只有那辽远的一角依然完整，

温暖，明朗，坚固而蓬勃生春。
在那上面，我用残损的手掌轻抚，
像恋人的柔发，婴孩手中乳。
——《我用残损的手掌》

据冯亦代回忆：“我昔日和他在薄扶林道散步时，他几次谈到中国的疆土，犹如一张树叶，可惜缺了一块，希望有一天能看到一张完整的树叶。如今他以‘残损的手掌’为题，显然以这手掌比喻他对祖国的思念，也直指他死里逃生的心声。”随着人生的变故和家国社会的变化，戴望舒的诗歌选材逐渐不再只瞄准个人的哀怨闲愁，而是开始关切民族命运和社会未来，诗歌风格也逐渐转向明朗、沉挚。

如果生命的春天重到，
古旧的凝冰都哗哗地解冻，
那时我会再看见灿烂的微笑，
再听见明朗的呼唤——这些迢遥的梦。

这些好东西都决不会消失，

因为一切好东西都永远存在，
它们只是像冰一样凝结，
而有一天会像花一样重开。

——《偶成》

这首写于抗战最后的诗歌，我非常喜欢。这首诗诗句明朗、音韵和谐，句子却朴实真挚，充满信心和希望。从诗句也可以看出诗人一生追求“灿烂的微笑”和“明朗的呼唤”，他相信“一切好东西都永远存在”“有一天会像花一样重开”。

抗日战争胜利后，戴望舒回到北京，却在新中国建立的第二年因病去世。他一生颠沛流离，三段爱情全都心碎而终，终于迎来了新的时代曙光，却突然逝去，可谓命运多舛，令人惋惜。卞之琳在悼念文章中说：“望舒的忽然逝世最令我觉得悼惜的是：他在旧社会未能把他的才能好好施展。现在正要为新社会大大施展他的才能，却忽然来不及了。”诚然，戴望舒后期的诗作已经显露出他更成熟的诗歌风格和更为娴熟高超的写作技艺，他本可以写更多，写更好，但天妒英才，那些我们无缘见到了。

戴望舒

Dai Wang Shu

关于 诗

雨　巷

撑着油纸伞，独自
彷徨在悠长，悠长
又寂寥的雨巷，
我希望逢着
一个丁香一样地
结着愁怨的姑娘。

她是有
丁香一样的颜色，
丁香一样的芬芳，
丁香一样的忧愁，
在雨中哀怨，
哀怨又彷徨；

（大家诗歌典藏馆　提供）

戴望舒像。

戴望舒，原名戴朝寀，字丞，望舒是他众多笔名中最知名的一个。戴望舒祖籍南京，1905年生于浙江杭县（今杭州市余杭区），8岁入杭州鹾务小学读书，开始阅读古典小说和外国童话，表现出对文学的兴趣。青年时期开始尝试文学创作，并与杜衡、张天翼、施蛰存等文学理念相近的数人成立“兰社”，创办《兰友》旬刊。

她彷徨在这寂寥的雨巷，
撑着油纸伞
像我一样，
像我一样地
默默彳亍着，
冷漠，凄清，又惆怅。

她静默地走近
走近，又投出
太息一般的眼光，
她飘过
像梦一般地，
像梦一般地凄婉迷茫。

像梦中飘过
一枝丁香地，
我身旁飘过这女郎；
她静默地远了，远了，

戴望舒诗才横溢。1928年，23岁的他就因《雨巷》一诗受到叶圣陶先生激赏，认为他“替新诗的音节开了一个新的纪元”，该诗在《小说月报》刊发后引起轰动，使戴望舒一夜成名，从此以“雨巷诗人”之名行世。

到了颓圮的篱墙，
走尽这雨巷。

在雨的哀曲里，
消了她的颜色，
散了她的芬芳，
消散了，甚至她的
太息般的眼光，
她丁香般的惆怅。

撑着油纸伞，独自
彷徨在悠长，悠长
又寂寥的雨巷，
我希望飘过
一个丁香一样地
结着愁怨的姑娘。

我底记忆

我底记忆是忠实于我的，
忠实得甚于我最好的友人。

它存在在燃着的烟卷上，
它存在在绘着百合花的笔杆上，
它存在在破旧的粉盒上，
它存在在颓垣的木莓上，
它存在在喝了一半的酒瓶上，
在撕碎的往日的诗稿上，在压干的花片上，
在凄暗的灯上，在平静的水上，
在一切有灵魂没有灵魂的东西上，
它在到处生存着，像我在这世界一样。

它是胆小的，它怕着人们底喧嚣，

但在寂寥时，它便对我来作密切的拜访。
它底声音是低微的，
但是它底话是很长，很长，
很多，很琐碎，而且永远不肯休：
它底话是古旧的，老是讲着同样的故事，
它底音调是和谐的，老是唱着同样的曲子，
有时它还模仿着爱娇的少女底声音，
它底声音是没有气力的，
而且还夹着眼泪，夹着太息。

它底拜访是没有一定的，
在任何时间，在任何地点，
甚至当我已上床，朦胧地想睡了；
人们会说它没有礼貌，
但是我们是老朋友。

它是琐琐地永远不肯休止的，
除非我凄凄地哭了，或是沉沉地睡了：

1929年4月，戴望舒编定的第一本诗集《我底记忆》，由他自己主持的水沫书店印行。这是他前期象征主义诗歌的代表作。全书共收诗26首，分为旧锦囊、雨巷、我底记忆三辑。我底记忆一辑诗歌最为出色，当时他已经开始有意识打破诗歌音乐性和格律性的束缚，诗体更为自由。

但是我是永远不讨厌它，
因为它是忠实于我的。

秋　天

再过几日秋天是要来了，
默坐着，抽着陶器的烟斗，
我已隐隐地听见它的歌吹
从江水的船帆上。

它是在奏着管弦乐：
这个使我想起做过的好梦；
从前我认它是好友是错了，
因为它带了忧愁来给我。

林间的猎角声是好听的，
在死叶上的漫步也是乐事，
但是，独身汉的心地我是很清楚的，
今天，我是没有闲雅的兴致。

我对它没有爱也没有恐惧，

我知道它所带来的东西的重量，

我是微笑着，安坐在我的窗前，

当浮云带着恐吓的口气来说：秋天要来了，望舒先生！

①

②

①戴望舒在赠书上的题字。戴望舒《我底记忆》诗集出版后，曾赠送给穆时英，两人是多年好友。

②穆时英像。穆时英（1912年3月14日—1940年6月28日），浙江慈溪人，中国现代小说家，新感觉派代表人物，笔名伐扬，匿名子等。戴望舒第一任妻子穆丽娟的哥哥。

断　指

在一口老旧的，满积着灰尘的书橱中，
我保存着一个浸在酒精瓶中的断指；
每当无聊地去翻寻古籍的时候，
它就含愁地向我诉说一个使我悲哀的记忆。

它是被截下来的，从我一个已牺牲了的朋友底手上，
它是惨白的，枯瘦的，和我的友人一样，
时常萦系着我的，而且是很分明的，
是他将这断指交给我的时候的情景：

“为我保存着这可笑又可怜的恋爱的纪念吧，望舒，
在零落的生涯中，它是只能增加我的不幸的了。”
他的话是舒缓的，沉着的，像一个叹息，
而他的眼中似乎是含有泪水，虽然微笑是在脸上。

关于他的“可怜又可笑的爱情”我是一些也不知道。
我知道的只是他是在一个工人家里被捕去的，
随后是酷刑吧，随后是惨苦的牢狱吧，
随后是死刑吧，那等待着我们大家的死刑吧。

关于他“可笑又可怜的爱情”我是一些也不知道。
他从未对我谈起过，即使在喝醉了酒时；
但是我猜想这一定是一段悲哀的故事，他隐藏着，
他想使它跟着截断的手指一同被遗忘了。

这断指上还染着油墨底痕迹，
是赤色的，是可爱的，光辉的赤色的，
它很灿烂地在这截断的手指上，
正如他责备别人底懦怯的目光在我们底心头一样。

这断指常带了轻微又粘着的悲哀给我，
但是它在我又是一件很有用的珍品，
每当为了一件琐事而颓丧的时候，我会说：
“好，让我拿出那个玻璃瓶来吧。”

印 象

是飘落深谷去的
幽微的铃声吧，
是航到烟水去的
小小的渔船吧，
如果是青色的真珠；
它已堕到古井的暗水里。

林梢闪着的颓唐的残阳，
它轻轻地敛去了
跟着脸上浅浅的微笑。

从一个寂寞的地方起来的，
迢遥的，寂寞的呜咽，
又徐徐回到寂寞的地方，寂寞地。

①

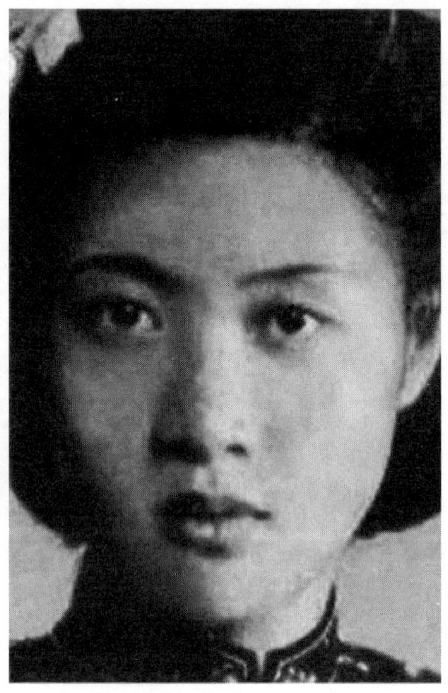

②

①施蛰存像。施蛰存（1905—2003），原籍浙江杭州。与戴望舒是一同考进上海大学的同窗好友。1926年一起创办《璎珞》旬刊。1928年后任上海第一线书店和水沫书店编辑。

②施绛年像。清丽可人的施绛年，她是戴望舒好友施蛰存的妹妹。第一次见面，戴望舒就对她一见钟情，并展开追求。施蛰存与戴望舒性情相投、文学主张相近，因此极力想要促成此事。在施蛰存的帮助下，施绛年终于松口答应。

到我这里来

到我这里来，假如你还存在着，
全裸着，披散了你的发丝：
我将对你说那只有我们两人懂得的话。

我将对你说为什么蔷薇有金色的花瓣，
为什么你有温柔而馥郁的梦，
为什么锦葵会从我们的窗间探首进来。

人们不知道的一切我们都会深深了解，
除了我的手的颤动和你的心的奔跳；
不要怕我发着异样的光的眼睛，
向我来：你将在我的臂间找到舒适的卧榻。

可是，啊，你是不存在着了，

虽则你的记忆还使我温柔地颤动，
而我是徒然地等待着你，每一个傍晚，
在菩提树下，沉思地，抽着烟。

祭　日

今天是亡魂的祭日，
我想起了我的死去了六年的友人。
或许他已老一点了，怅惜他爱娇的妻，
他哭泣着的女儿，他剪断了的青春。

他一定是瘦了，过着飘泊的生涯，在幽冥中，
但他的忠诚的目光是永远保留着的，
而我还听到他往昔的熟稔有劲的声音，
"快乐吗，老戴?"（快乐，唔，我现在已没有了。）

他不会忘记了我：这我是很知道的，
因为他还来找我，每月一二次，在我梦里，
他老是饶舌的，虽则他已归于永恒的沉寂，
而他带着忧郁的微笑的长谈使我悲哀。

1931年，戴望舒与施绛年订婚。施绛年提出了结婚条件：戴望舒必须出国留学，取得学位，回来有稳定的收入后，才可能结婚。1932年，戴望舒无奈出国，孤身赴法国留学。图为戴望舒在巴黎火车站留影。

我已不知道他的妻和女儿到哪里去了，
我不敢想起她们，我甚至不敢问他，在梦里；
当然她们不会过着幸福的生涯的，
像我一样，像我们大家一样。

快乐一点吧，因为今天是亡魂的祭日；
我已为你预备了在我算是丰盛了的晚餐，
你可以找到我园里的鲜果，
和那你所嗜好的陈威士忌酒。
我们的友谊是永远地柔和的，
而我将和你谈着幽冥中的快乐和悲哀。

烦 忧

说是寂寞的秋的悒郁，
说是辽远的海的怀念。
假如有人问我烦忧的原故，
我不敢说出你的名字。

我不敢说出你的名字，
假如有人问我烦忧的原故：
说是辽远的海的怀念，
说是寂寞的秋的悒郁。

百合子

百合子是怀乡病的可怜的患者，
因为她的家是在灿烂的樱花丛里的；
我们徒然有百尺的高楼和沉迷的香夜，
但温煦的阳光和朴素的木屋总常在她缅想中。

她度着寂寂的悠长的生涯，
她盈盈的眼睛茫然地望着远处；
人们说她冷漠的是错了，
因为她沉思的眼里是有着火焰。

她将使我为她而憔悴吗？
或许是的，但是谁能知道？
有时她向我微笑着，
而这忧郁的微笑使我也坠入怀乡病里。

她是冷漠的吗？不。

因为我们的眼睛是秘密地交谈着；

而她是醉一样地合上了她的眼睛的，

如果我轻轻地吻着她花一样的嘴唇。

八重子

八重子是永远地忧郁着的，
我怕她会郁瘦了她的青春。
是的，我为她的健康罣虑着，
尤其是为她的沉思的眸子。

发的香味是簪着辽远的恋情，
辽远到要使人流泪；
但是要使她欢喜，我只能微笑，
只能像幸福者一样地微笑。

因为我要使她忘记她的孤寂，
忘记萦系着她的渺茫的乡思，
我要使她忘记她在走着
无尽的，寂寞的凄凉的路。

而且在她的唇上，我要为她祝福，
为我的永远忧郁着的八重子，
我愿她永远有着意中人的脸，
春花的脸，和初恋的心。

梦都子

她有太多的蜜饯的心——
在她的手上，在她的唇上；
然后跟着口红，跟着指爪，
印在老绅士的颊上，
刻在醉少年的肩上。

我们是她年青的爸爸，诚然，
但也害怕我们的女儿到怀里来撒娇，
因为在蜜饯的心以外，
她还有蜜饯的乳房，
而在撒娇之后，她还会放肆。

你的衬衣上已有了贯矢的心，
而我的指上又有了纸捻的约指，
如果我爱惜我的秀发，
那么你又该受那心愿的忤逆。

①

序

望舒在未去國之前曾經叫我替他底望舒草寫一篇序文，我當時沒有想到寫這篇序文的難處，就模模糊糊地答應了，一向沒有動筆是不用說。這其間，望舒曾經把詩稿全部隨身帶到國外，又從國外相當刪改了一些寄回來，屈指一算，足足有一年的時間輕快地溜去了。望舒寫詩有時苦思終日，不名隻字，有時詩思一到，援筆可成，我卻素來慣於[illegible]地寫[illegible]的文章。祇有這一回望舒草出版在即，催逼得我不能不把一年前許下的願心來還清的時候，卻[illegible]過幾天的[illegible]都不敢下筆。我一時

序 一

②

①《望舒草》封面。1933年8月，戴望舒在法国整理完成的诗集《望舒草》作为“现代创作丛书”的第7种，由现代书局出版。这是他的第二部诗集，全书共收诗34首，诗作整体风格明显，技巧成熟，是戴望舒诗歌创作生涯的代表作。

（图①为大家诗歌典藏馆提供）

②《望舒草》序言。戴望舒邀请好友小说家杜衡为之作序，对他诗歌的风格进行了细致剖析。

我的素描

辽远的国土的怀念者，
我，我是寂寞的生物。

假如把我自己描画出来，
那是一幅单纯的静物写生。

我是青春和衰老的集合体，
我有健康的身体和病的心。

在朋友间我有爽直的声名，
在恋爱上我是一个低能儿。

因为当一个少女开始爱我的时候，
我先就要栗然地惶恐。

我怕着温存的眼睛，
像怕初春青空的朝阳。

我是高大的，我有光辉的眼；
我用爽朗的声音恣意谈笑。

但在悒郁的时候，我是沉默的，
悒郁着，用我二十四岁的整个的心。

单恋者

我觉得我是在单恋着，
但是我不知道是恋着谁：
是一个在迷茫的烟水中的国土吗，
是一枝在静默中零落的花吗，
是一位我记不起的陌路丽人吗？
我不知道。
我知道的是我的胸膨胀着，
而我的心怦动着，像在初恋中。

在烦倦的时候，
我常是暗黑的街头的踯躅者，
我走遍了嚣嚷的酒场，
我不想回去，好像在寻找什么。
飘来一丝媚眼或是塞满一耳腻语，

那是常有的事。
但是我会低声说：
“不是你！”然后踉跄地又走向他处。

人们称我为“夜行人”，
尽便吧，这在我是一样的；
真的，我是一个寂寞的夜行人。
而且又是一个可怜的单恋者。

老之将至

我怕自己将慢慢地慢慢地老去，
随着那迟迟寂寂的时间，
而那每一个迟迟寂寂的时间，
是将重重地载着无量的怅惜的。

而在我坚而冷的圈椅中，在日暮，
我将看见，在我昏花的眼前
飘过那些模糊的暗淡的影子：
一片娇柔的微笑，一只纤纤的手，
几双燃着火焰的眼睛，
或是几点耀着珠光的眼泪。

是的，我将记不清楚了：
在我耳边低声软语着

1935年，留学法国的戴望舒（前排左一）、罗大冈（后排左二）和画家常书鸿（后排左一）等人在戴望舒的巴黎寓所合影。

“在最适当的地方放你的嘴唇”的，
是那樱花一般的樱子吗？
那是茹丽茗吗，飘着懒倦的眼
望着她已卸了的锦缎的鞋子？……
这些我都记不清楚了，
因为我老了。

我说，我是担忧着怕老去，
怕这些记忆凋残了，
一片一片地，像花一样；
只留着垂枯的枝条，孤独地。

秋天的梦

迢遥的牧女的羊铃，
摇落了轻的树叶。

秋天的梦是轻的，
那是窈窕的牧女之恋。

于是我的梦是静静地来了，
但却载着沉重的昔日。

唔，现在，我是有一些寒冷，
一些寒冷，和一些忧郁。

前　夜

—夜的纪念，呈呐鸥兄

在比志步尔启碇的前夜，
托密的衣袖变作了手帕，
她把眼泪和着唇脂拭在上面，
要为他壮行色，更加一点粉香。

明天会有太淡的烟和太淡的酒，
和磨不损的太坚固的时间，
而现在，她知道应该有怎样的忍耐：
托密已经醉了，而且疲倦得可怜。

这的橙花香味的南方的少年，
他不知道明天只能看见天和海——
或许在“家，甜蜜的家”里他会康健些，
但是他的温柔的亲戚却要更瘦，更瘦。

我的恋人

我将对你说我的恋人，
我的恋人是一个羞涩的人，
她是羞涩的，有着桃色的脸，
桃色的嘴唇，和一颗天青色的心。

她有黑色的大眼睛，
那不敢凝看我的黑色的大眼睛——
不是不敢，那是因为她是羞涩的；
而当我依在她胸头的时候，
你可以说她的眼睛是变换了颜色，
天青的颜色，她的心的颜色。

她有纤纤的手，
它会在我烦忧的时候安抚我，

她有清朗而爱娇的声音，
那是只向我说着温柔的，
温柔到销熔了我的心的话的。

她是一个静娴的少女，
她知道如何爱一个爱她的人，
但是我永远不能对你说她的名字，
因为她是一个羞涩的恋人。

“我在马德里的大部分闲暇时间，甚至在革命发生，街头枪声四起，铁骑纵横的时候，也都是在那书市的故纸堆里消磨了的。”

——戴望舒

村　姑

村里的姑娘静静地走着，
提着她的蚀着青苔的水桶；
溅出来的冷水滴在她的跣足上，
而她的心是在泉边的柳树下。

这姑娘会静静地走到她的旧屋去，
那在一棵百年的冬青树荫下的旧屋，
而当她想到在泉边吻她的少年，
她会微笑着，抿起了她的嘴唇。

她将走到那古旧的木屋边，
她将在那里惊散了一群在啄食的瓦雀，
她将静静地走到厨房里，
又静静地把水桶放在干刍边。

她将帮助她的母亲造饭，
而从田间回来的父亲将坐在门槛上抽烟，
她将给猪圈里的猪喂食，
又将可爱的鸡赶进它们的窠里去。

在暮色中吃晚饭的时候，
她的父亲会谈着今年的收成，
他或许会说到她的女儿的婚嫁，
而她便将羞怯地低下头去。

她的母亲或许会说她的懒惰，
（她打水的迟延便是一个好例子，）
但是她会不听到这些话，
因为她在想着那有点鲁莽的少年。

野宴

对岸青叶荫下的野餐，
只有百里香和野菊作伴；
河水已洗涤了碍人的礼仪，
白云遂成为飘动的天幕。

那里有木叶一般绿的薄荷酒，
和你所爱的芬芳的腊味，
但是这里有更可口的芦笋
和更新鲜的乳酪。

我的爱软的草的小姐，
你是知味的美食家：
先尝这开胃的饮料，
然后再试那丰盛的名菜。

二　月

春天已在野菊的头上逡巡着了，
春天已在斑鸠的羽上逡巡着了，
春天已在青溪的藻上逡巡着了，
绿荫的林遂成为恋的众香国。

于是原野将听倦了谎话的交换，
而不载重的无邪的小草
将醉着温软的皓体的甜香；

于是，在暮色冥冥里
我将听了最后一个游女的惋叹，
拈着一支蒲公英缓缓地归去。

小　病

从竹帘里漏进来的泥土的香，
在浅春的风里它几乎凝住了；
小病的人嘴里感到了莴苣的脆嫩。
于是遂有了家乡小园的神往。

小园里阳光是常在芸苔的花上吧，
细风是常在细腰蜂的翅上吧，
病人吃的菜菔的叶子许被虫蛀了，
而雨后的韭菜却许已有甜味的嫩芽了。

现在，我是害怕那使我脱发的饕餮了，
就是那滑腻的海鳗般美味的小食也得斋戒，
因为小病的身子在浅春的风里是软弱的，
况且我又神往于家园阳光下的莴苣。

1935年5月，戴望舒因在西班牙旅游期间参加西班牙进步群众反法西斯示威游行被里昂中法大学开除，加上听闻施绛年已经移情别恋，于是他决心回国。戴望舒一踏上黄浦江岸，就直奔施家，确认施绛年移情后，愤怒难当。于是登报与施解除婚约，结束了他们之间长达多年的恋爱。

款步（一）

这里是爱我们的苍翠的松树，
它曾经遮过你的羞涩和我的胆怯，
我们的这个同谋者是有一个好记性的，
现在，它还向我们说着旧话，但并不揶揄。

还有那多嘴的深草间的小溪，
我不知道它今天为什么缄默：
我不看见它，或许它已换一条路走了，
饶舌着，施施然绕着小村而去了。

这边是来做夏天的客人的闲花野草，
它们是穿着新装，像在婚筵里，
而且在微风里对我们作有礼貌的礼敬，
好像我们就是新婚夫妇。

我的小恋人，今天我不对你说草木的恋爱，
却让我们的眼睛静静地说我们自己底，
而且我要用我的舌头封住你的小嘴唇了，
如果你再说：我已闻到你的愿望的气味。

款步（二）

答应我绕过这些木棚，
去坐在江边的游椅上。
啮着沙岸的永远的波浪，
总会从你投出着的素足
撼动你抿紧的嘴唇的。
而这里，鲜红并寂静得
与你底嘴唇一样的枫林间，
虽然残秋的风还未来到，
但我已经从你的缄默里，
觉出了它的寒冷。

过　时

说我是一个在怅惜着，
怅惜着好往日的少年吧，
我唱着我的崭新的小曲，
而你却揶揄：多么"过时！"

是呀，过时了，我的"单恋女"
都已经变作妇人或是母亲，
而我，我还可怜地年轻——
年轻？不吧，有点靠不住。

是呀，年轻是有点靠不住，
说我是有一点老了吧！
你只看我拿手杖的姿态，
它会告诉你一切；而我的眼睛亦然。

老实说，我是一个年轻的老人了：

对于秋草秋风是太年轻了，

而对于春月春花却又太老。

游子谣

海上微风起来的时候，
暗水上开遍青色的蔷薇。
——游子的家园呢？

篱门是蜘蛛的家，
土墙是薜荔的家，
枝繁叶茂的果树是鸟雀的家。

游子却连乡愁也没有，
他沉浮在鲸鱼海蟒间：
让家园寂寞的花自开自落吧。

因为海上有青色的蔷薇，
游子要萦系他冷落的家园吗？

还有比蔷薇更清丽的旅伴呢。

清丽的小旅伴是更甜蜜的家园，
游子的乡愁在那里徘徊踯躅。
唔，永远沉浮在鲸鱼海蟒间吧。

秋　蝇

木叶的红色，

木叶的黄色，

木叶的土灰色：

窗外的下午！

用一双无数的眼睛，

衰弱的苍蝇望得昏眩。

这样窒息的下午啊！

它无奈地搔着头搔着肚子。

木叶，木叶，木叶，

无边木叶萧萧下。

玻璃窗是寒冷的冰片了，

太阳只有苍茫的色泽。

巡回地散一次步吧!
它觉得它的脚软。

红色，黄色，土灰色，
昏眩的万花筒的图案啊!

迢遥的声音，古旧的，
大伽蓝的钟磬？天末的风？
苍蝇有点僵木，
这样沉重的翼翅啊!

飘下地，飘上天的木叶旋转着，
红色，黄色，土灰色的错杂的回轮。

无数的眼睛渐渐模糊，昏黑，
什么东西压到轻绡的翅上，
身子像木叶一般地轻，
载在巨鸟的翎翮上吗?

1935年6月，戴望舒与刘呐鸥、穆时英两家同住在一所公寓里。戴望舒与施绛年分手后，好友穆时英见戴望舒十分伤心，于是介绍自己的妹妹穆丽娟给他。穆丽娟刚刚18岁，从上海南洋女中毕业，也许因为哥哥的关系，她也喜欢文学，对文学上颇有成就的戴望舒仰慕不已。戴望舒请穆丽娟帮他抄写文稿，渐渐两人产生情感。丽娟的古典俊美，让他忘却了施绛年带给他的苦痛。

1935年冬，戴望舒委托杜衡向穆丽娟的母亲提亲，两人于1936年6月在上海新亚饭店举行了婚礼。由青年诗人徐迟担任傧相。19岁的穆丽娟嫁给了比自己大13岁的戴望舒。图为两人结婚照。

夜行者

这里他来了：夜行者！
冷清清的街上有沉着的跫音，
从黑茫茫的雾，
到黑茫茫的雾。

夜的最熟稔的朋友，
他知道它的一切琐碎，
那么熟稔，在它的熏陶中
他染了它一切最古怪的脾气。

夜行者是最古怪的人。
你看他走在黑夜里：
戴着黑色的毡帽，
迈着夜一样静的步子。

微　辞

园子里蝶褪了粉蜂褪了黄，
则木叶下的安息是允许的吧，
然而好弄玩的女孩子是不肯休止的，
“你瞧我的眼睛，”她说，“它们恨你！”

女孩子有恨人的眼睛，我知道，
她还有不洁的指爪，
但是一点恬静和一点懒是需要的，
只瞧那新叶下静静的蜂蝶。

魔道者使用曼陀罗根或是枸杞，
而人却像花一般地顺从时序，
夜来香娇妍地开了一个整夜，
朝来送入温室一时能重鲜吗？

园子都已恬静，
蜂蝶睡在新叶下，
迟迟的永昼中
无厌的女孩子也该休止。

少年行

是簪花的老人呢，
灰暗的篱笆披着茑萝；

旧曲在颤动的枝叶间死了，
新蜕的蝉用单调的生命赓续。

结客寻欢都成了后悔，
还要学少年的行蹊吗？

平静的天，平静的阳光下，
烂熟的果子平静地落下来了。

旅　思

故乡芦花开的时候，
旅人的鞋跟染着征泥，
粘住了鞋跟，粘住了心的征泥，
几时经可爱的手拂拭?

栈石星饭的岁月，
骤山骤水的行程：
只有寂静中的促织声，
给旅人尝一点家乡的风味。

戴望舒与穆丽娟婚后不久即生下长女戴咏素，一家三口在上海度过了一段美好的时光。但随着日本侵华战争的全面打响，特别是淞沪抗战爆发，上海沦陷，戴望舒挈妇将雏跟叶灵凤夫妇一起乘船前往香港。图为戴望舒一家和母亲的合影。

不寐

在沉静底音波中，
每个爱娇的影子
在眩晕的脑里
作瞬间的散步；

只是短促的瞬间，
然后列成桃色的队伍，
月移花影地淡然消溶：
飞机上的阅兵式。

掌心抵着炎热的前额，
腕上有急促的温息；
是那一宵的觉醒啊？
这种透过皮肤的温息。

让沉静底最高的音波，
来震破脆弱的耳膜吧。
窒息的白色的帐子，墙……
什么地方去喘一口气呢？

深闭的园子

五月的园子
已花繁叶满了，
浓荫里却静无鸟喧。

小径已铺满苔藓，
而篱门的锁也锈了——
主人却在迢遥的太阳下。

在迢遥的太阳下，
也有璀璨的园林吗？
陌生人在篱边探首，
空想着天外的主人。

灯

士为知己者用，
故承恩的灯
遂做了恋的同谋人：
作憧憬之雾的
青色的灯，
作色情之屏的
桃色的灯。

因为我们知道爱灯，
如仁者乐山，智者乐水，
为供它的法眼的鉴赏
我们展开秘藏的风俗画：
灯却不笑人的风魔。

在灯的友爱的光里，
人走进了美容院；
千手千眼的技师，
替人匀着最宜雅的脂粉，
于是我们便目不暇给。

太阳只发着学究的教训，
而灯光却作着亲切的密语，
至于交头接耳的暗黑，
就是饕餮者的施主了。

到香港后，戴望舒成为香港文学界核心人物，工作较忙，对妻子穆丽娟关心不足，两人嫌隙渐生。后来因为妻兄穆时英沦为汉奸继而被刺、岳母去世等一系列变故，穆丽娟独自带女儿赴上海奔丧，后与戴望舒提出离婚请求，戴望舒多次挽回无果。1943年1月26日，戴望舒给妻子寄去自己已经签字了的离婚契约，彻底解除了两人的婚姻关系。根据协议，长女戴咏素归戴望舒抚养。

寻梦者

梦会开出花来的，
梦会开出娇妍的花来的：
去求无价的珍宝吧。

去青色的大海里，
在青色的大海的底里，
深藏着金色的贝一枚。

你去攀九年的冰山吧，
你去航九年的旱海吧，
然后你逢到那金色的贝。

它有天上的云雨声，
它有海上的风涛声，

它会使你的心沉醉。

把它在海水里养九年，
把它在天水里养九年，
然后，它在一个暗夜里开绽了。

当你鬓发斑斑了的时候，
当你眼睛朦胧了的时候，
金色的贝吐出桃色的珠。

把桃色的珠放在你怀里，
把桃色的珠放在你枕边，
于是一个梦静静地升上来了。

你的梦开出花来了。
你的梦开出娇妍的花来了，
在你已衰老了的时候。

古神祠前

古神祠前逝去的
暗暗的水上，
印着我多少的
思量底轻轻的脚迹，
比长脚的水蜘蛛，
更轻更快的脚迹。

从苍翠的槐树叶上，
它轻轻地跃到
饱和了古愁的钟声的水上，
它掠过涟漪，踏过荇藻，
跨着小小的，小小的
轻快的步子走。
然后，踌躇着，

生出了翼翅……
它飞上去了，
这小小的蜉蝣，
不，是蝴蝶，它翩翩飞舞，
在芦苇间，在红蓼花上；
它高升上去了，
化作一只云雀，
把清音撒到地上……
现在它是鹏鸟了。
在浮动的白云间，
在苍茫的青天上，
它展开翼翅慢慢地，
作九万里的翱翔，
前生和来世的逍遥游。

它盘旋着，孤独地，
在迢遥的云山上，
在人间世的边际，
长久地，固执到可怜。

终于，绝望地，

它疾飞回到我心头

在那儿忧愁地蛰伏。

(2p)

秋夜思

谁家动刀尺？
心也需要秋衣了。

听鲛人的呼唤，
听木叶的叹息，
風從每一條脈絡進来
窃听牠的枯裂之音。

诗人云心即是琴，
谁听过那古旧的陽春白雪？
知己者已将牠悬在树梢，
為天籁之凄籁，
忽而断裂的吴丝蜀桐，
僅使人一弦一柱思華年。

le 6 juin 1935

12

（大家诗歌典藏馆　提供）

戴望舒诗歌《秋夜思》手稿。

秋夜思

谁家动刀尺?
心也需要秋衣。

听鲛人的召唤,
听木叶的呼息!
风从每一条脉络进来,
窃听心的枯裂之音。

诗人云:心即是琴。
谁听过那古旧的阳春白雪?
为真知的死者的慰藉,
有人已将它悬在树梢,
为天籁之凭托——
但曾一度谛听的飘逝之音。

而断裂的吴丝蜀桐

仅使人从弦柱间思忆华年。

一九三五年七月六日

小　曲

啼倦的鸟藏喙在彩翎间，
音的小灵魂向何处翩跹？
老去的花一瓣瓣委尘土，
香的小灵魂在何处流连？

它们不能在地狱里，不能，
这那么好，那么好的灵魂！
那么是在天堂，在乐园里？
摇摇头，圣彼得可也否认。

没有人知道在哪里，没有，
诗人却微笑而三缄其口：

有什么东西在调和氤氲，
在他的心的永恒的宇宙。

一九三六年五月十四日

赠克木[①]

我不懂别人为什么给那些星辰
取一些它们不需要的名称，
它们闲游在太空，无牵无挂，
不了解我们，也不求闻达。

记着天狼、海王、大熊……这一大堆，
还有它们的成分，它们的方位，
你绞干了脑汁，涨破了头，
弄了一辈子，还是个未知的宇宙。

星来星去，宇宙运行，
春秋代序，人死人生，

---

①克木，即金克木（1912—2000），现当代诗人，文学翻译家，教授。

太阳无量数，太空无限大，
我们只是倏忽渺小的夏虫井蛙。

不痴不聋，不做阿家翁，
为人之大道全在懵懂，
最好不求甚解，单是望望，
看天，看星，看月，看太阳。
也看山，看水，看云，看风，
看春夏秋冬之不同，
还看人世的痴愚，人世的倥偬：
静默地看着，乐在其中。

乐在其中，乐在空与时以外，
我和欢乐都超越过一切的境界，
自己成一个宇宙，有它的日月星，
来供你钻究，让你皓首穷经。

或是我将变一颗奇异的彗星，
在太空中欲止即止，欲行即行，

让人算不出轨迹，瞧不透道理，
然后把太阳敲成碎火，把地球撞成泥。

一九三六年五月十八日

太平洋战争爆发不久，香港即告沦陷。1942年3月，作为抗日爱国人士的戴望舒被捕。他在狱中被关押两个多月，经过严刑拷打，原本就很严重的哮喘病更加严重，身体更加虚弱。5月，经过作家叶灵凤等友人多方营救，才终于保释出狱。

在这期间写就《狱中题壁》等诗，写作视野开始关注国家民族命运，诗作风格也更为朴实凝练。

眼

在你的眼睛的微光下，
迢遥的潮汐升涨：
玉的珠贝，
青铜的海藻……
千万尾飞鱼的翅，
剪碎分而复合的
顽强的渊深的水。

无渚崖的水，
暗青色的水！
在什么经纬度上的海中，
我投身又沉溺在
以太阳之灵照射的诸太阳间，
以月亮之灵映光的诸月亮间，

以星辰之星闪烁的诸星辰间？
于是我是彗星，
有我的手，
有我的眼，
并尤其有我的心。

我晞曝于你的眼睛的
苍茫朦胧的微光中，
并在你上面，
在你的太空的镜子中
鉴照我自己的
透明而畏寒的
火的影子，
死去或冰冻的火的影子。

我伸长，我转着，
我永恒地转着，
在你的永恒的周围
并在你之中……

我是从天上奔流到海，
从海奔流到天上的江河，
我是你每一条动脉，
每一条静脉，
每一个微血管中的血液，
我是你的睫毛
（它们也同样在你的
眼睛的镜子里顾影），
是的，你的睫毛，你的睫毛，

而我是你，
因而我是我。

一九三六年十月十九日

夜　蛾

绕着蜡烛的圆光，
夜蛾作可怜的循环舞，
这些众香国的谪仙不想起
已死的虫，未死的叶。

说这是小睡中的亲人，
飞越关山，飞越云树，
来慰藉我们的不幸，
或者是怀念我们的死者，
被记忆所逼，离开了寂寂的夜台来。
我却明白它们就是我自己，
因为它们用彩色的大绒翅
遮覆住我的影子，
让它留在幽暗里。

这只是为了一念，不是梦，

就像那一天我化成风。

一九三六年十二月二十六日

戴望舒精通法语、西班牙语等欧洲语言，于个人创作之余，长期从事欧洲文学翻译工作，有多种译著本出版，也是首个将西班牙诗人洛尔伽引入中国的人。

寂　寞

园中野草渐离离，
托根于我旧时的脚印，
给他们披青春的彩衣：
星下的盘桓从兹消隐。

日子过去，寂寞永存，
寄魂于离离的野草，
像那些可怜的灵魂，
长得如我一般高。

我今不复到园中去，
寂寞已如我一般高：
我夜坐听风，昼眠听雨，
悟得月如何缺，天如何老。

一九三七年二月十二日

我思想

我思想，故我是蝴蝶……
万年后小花的轻呼
透过无梦无醒的云雾，
来振撼我斑斓的彩翼。

一九三七年三月十四日

元日祝福

新的年岁带给我们新的希望。
祝福！我们的土地，
血染的土地，焦裂的土地。
更坚强的生命将从而滋长。

新的年岁带给我们新的力量。
祝福！我们的人民，
坚苦的人民，英勇的人民，
苦难会带来自由解放。

一九三九年元旦日

1942年5月30日，戴望舒刚刚出狱不久就与同在大同图书印务局的抄写员杨静相识，并很快进入热恋。杨静小戴望舒21岁，因此这段恋情遭到了杨静父母的竭力反对，但杨静冲破种种阻力，毅然要去追求自己的幸福。1943年5月9日，戴望舒和杨静在香港结婚。图为戴望舒、杨静和戴咏素合影。

白蝴蝶

给什么智慧给我，
小小的白蝴蝶，
翻开了空白之页，
合上了空白之页？

翻开的书页：
寂寞；
合上的书页：
寂寞。

一九四〇年五月三日

致萤火

萤火，萤火，
你来照我。

照我，照这沾露的草，
照这泥土，照到你老。

我躺在这里，让一棵芽
穿过我的躯体，我的心，
长成树，开花；

让一片青色的藓苔，
那么轻，那么轻
把我全身遮盖，

像一双小手纤纤，

当往日我在昼眠，
把一条薄被
在我身上轻披。

我躺在这里
咀嚼着太阳的香味；
在什么别的天地，
云雀在青空中高飞。

萤火，萤火
给一缕细细的光线——
够担得起记忆，
够把沉哀来吞咽！

一九四一年六月二十六日

狱中题壁

如果我死在这里，
朋友啊，不要悲伤，
我会永远地生存
在你们的心上。

你们之中的一个死了，
在日本占领地的牢里，
他怀着的深深仇恨，
你们应该永远地记忆。

当你们回来，从泥土
掘起他伤损的肢体，
用你们胜利的欢呼
把他的灵魂高高扬起，

然后把他的白骨放在山峰，
曝着太阳，沐着飘风；
在那暗黑潮湿的土牢，
这曾是他惟一的美梦。

一九四二年四月二十七日

抗日战争胜利后，1946年春天，戴望舒携全家回到上海。1948年5月，戴望舒在上海师专任职期间，因参加教授罢课，被诬陷控告，说是“香港汉奸文人”，戴望舒被迫再度离开上海，携妻女逃往香港。

1948年末，杨静跟住在隔壁的一个青年通奸并私奔。望舒悲愤至极，但他还是压抑着怒火，苦口婆心地劝导妻子跟自己复合，但是没有任何效果。于是，两人协议离婚，杨静生的两个女儿，戴咏树归杨静，戴咏絮归戴望舒。图为杨静与小女儿戴咏絮合照。

我用残损的手掌

我用残损的手掌
摸索这广大的土地：
这一角已变成灰烬，
那一角只是血和泥；
这一片湖该是我的家乡，
（春天，堤上繁花如锦障，
嫩柳枝折断有奇异的芬芳，）
我触到荇藻和水的微凉；
这长白山的雪峰冷到彻骨，
这黄河的水夹泥沙在指间滑出，
江南的水田，你当年新生的禾草
是那么细，那么软……现在只有蓬蒿；
岭南的荔枝花寂寞地憔悴，
尽那边，我蘸着南海没有渔船的苦水……

无形的手掌掠过无限的江山，

手指沾了血和灰，手掌粘了阴暗，

只有那辽远的一角依然完整，

温暖，明朗，坚固而蓬勃生春。

在那上面，我用残损的手掌轻抚，

像恋人的柔发，婴孩手中乳。

我把全部的力量运在手掌

贴在上面，寄与爱和一切希望，

因为只有那里是太阳，是春，

将驱逐阴暗，带来苏生，

因为只有那里我们不像牲口一样活，

蝼蚁一样死……那里，永恒的中国！

一九四二年七月三日

心　愿

几时可以开颜笑笑
把肚子吃一个饱，
到树林子去散一会儿步，
然后回来安逸地睡一觉？
　　只有把敌人打倒，

几时可以再看见朋友们，
跟他们游山，玩水，谈心，
喝杯咖啡，抽一支烟，
念念诗，坐上大半天？
　　只有送敌人入殓。

几时可以一家团聚，
拍拍妻子，抱抱儿女，
烧个好菜，看本电影，

“只在用某一种文字写来，某一国人读了感到好的诗，实际上不是诗，那最多是文字的魔术。真的诗的好处并不就是文字的长处。”

——戴望舒

回来围炉谈笑到更深？
　　只有将敌人杀尽。

只有起来打击敌人，
自由和幸福才会临降，
否则这些全是白日梦
和没有现实的游想。

一九四三年一月二十八日

等 待

我等待了两年，
你们还是这样遥远啊！
我等待了两年，
我的眼睛已经望倦啊！

说六个月可以回来啦，
我却等待了两年啊，
我已经这样衰败啦，
谁知道还能够活几天啊。

我守望着你们的脚步，
在熟稔的贫困和死亡间。
当你们再来，带着幸福，
会在泥土中看见我张大的眼。

一九四三年十二月三十一日

等待其二

你们走了，留下我在这里等，
看血污的铺石上徘徊着鬼影，
饥饿的眼睛凝望着铁栅，
勇敢的胸膛迎着白刃：
耻辱粘住每一颗赤心，
在那里，炽烈地燃烧着悲愤。

把我遗忘在这里，让我见见
屈辱的极度，沉痛的界限，
做个证人，做你们的耳，你们的眼，
尤其做你们的心，受苦难，磨炼，
仿佛是大地的一块，让铁蹄蹂践，
仿佛是你们的一滴血，遗在你们后面。

没有眼泪没有语言的等待：

生和死那么紧地相贴相挨，
而在两者间，颀长的岁月在那里挤，
结伴儿走路，好像难兄难弟。
冢地只两步远近，我知道
安然占六尺黄土，盖六尺青草；
可是这儿也没有什么大不同，
在这阴湿、窒息的窄笼：
做白虱的巢穴，做泔脚缸，
让脚气慢慢延伸到小腹上，
做柔道的对手，剑术的靶子，
从口鼻一齐喝水，然后给踩肚子，
膝头压在尖钉上，砖头垫在脚踵上，
听鞭子在皮骨上舞，做飞机在梁上荡……

多少人从此就没有回来，
然而活着的却耐心地等待。

让我在这里等待，
耐心地等你们回来：

做你们的耳目，我曾经生活，
做你们的心，我永远不屈服。

一九四四年一月十八日

1949年1月，人民解放军胜利的消息频传。曾经蒙受“附日”冤枉的戴望舒决定带两个女儿离开香港北上，此时已经和他离婚的妻子杨静带小女儿前来给他送行，集体合影留念。诗人到京不久，就被安排到国家新闻出版总署国际新闻局负责法文科工作，并“决心改变过去的生活和创作方向”。

过旧居初稿

静掩的窗子隔住尘封的幸福，
寂寞的温暖饱和着辽远的炊烟——
陌生的声音还是解冻的呼唤？……
挹泪的过客在往昔生活了一瞬间。

一九四四年三月二日

过旧居

这样迟迟的日影，
这样温暖的寂静，
这片午炊的香味，
对我是多么熟稔。

这带露台，这扇窗，
后面有幸福在窥望，
还有几架书，两张床，
一瓶花……这已是天堂。

我没有忘记：这是家，
妻如玉，女儿如花，
清晨的呼唤和灯下的闲话，
想一想，会叫人发傻；

单听他们亲昵地叫，
就够人整天地骄傲，
出门时挺起胸，伸直腰，
工作时也抬头微笑。

现在……可不是我回家午餐？……
桌上一定摆上了盘和碗，
亲手调的羹，亲手煮的饭，
想起了就会嘴馋。

·

这条路我曾经走了多少回！
多少回？……过去都压缩成一堆，
叫人不能分辨，日子是那么相类，
同样幸福的日子，这些孪生姊妹！

我可糊涂啦，是不是今天
出门时我忘记说“再见”？
还是这事情发生在许多年前

其中间隔着许多变迁?

可是这带露台，这扇窗，
那里却这样静，没有声响，
没有可爱的影子，娇小的叫嚷，
只是寂寞，寂寞，伴着阳光。

而我的脚步为什么又这样累?
是否我肩上压着苦难的年岁，
压着沉哀，透渗到骨髓，
使我眼睛朦胧，心头消失了光辉?

为什么辛酸的感觉这样新鲜?
好像伤没有收口，苦味在舌间。
是一个归途的游想把我欺骗，
还是灾难的日月真横亘其间?

我不明白，是否一切都没改动，
却是我自己做了白日梦，

而一切都在那里，原封不动：
欢笑没有冰凝，幸福没有尘封？

或是那些真实的岁月，年代，
走得太快一点，赶上了现在，
回过头来瞧瞧，匆忙又退回来，
再陪我走几步，给我瞬间的欢快？
有人开了窗，
有人开了门。
走到露台上——
一个陌生人。

生活，生活，漫漫无尽的苦路！
咽泪吞声，听自己疲倦的脚步：
遮断了魂梦的不仅是海和天，云和树，
无名的过客在往昔作了瞬间的踌躇。

一九四四年三月十日

示长女

记得那些幸福的日子！
女儿，记在你幼小的心灵：
你童年点缀着海鸟的彩翎，
贝壳的珠色，潮汐的清音，
山岚的苍翠，繁花的绣锦，
和爱你的父母的温存。

我们曾有一个安乐的家，
环绕着淙淙的泉水声，
冬天曝着太阳，夏天笼着清荫，
白天有朋友，晚上有恬静，
岁月在窗外流，不来打搅，
屋里终年长驻的欢欣，
如果人家窥见我们在灯下谈笑，
就会觉得单为了这也值得过一生。

我们曾有一个临海的园子，
它给我们滋养的番茄和金笋，
你爸爸读倦了书去垦地，
你妈妈在太阳阴里缝纫，
你呢，你在草地上追彩蝶，
然后在温柔的怀里寻温柔的梦境。

人人说我们最快活，
也许因为我们生活过得蠢，
也许因为你妈妈温柔又美丽，
也许因为你爸爸诗句最清新。

可是，女儿，这幸福是短暂的，
一刹时都被云锁烟埋；
你记得我们的小园临大海，
从那里你们一去就不再回来，
从此我对着那迢遥的天涯，
松树下常常徘徊到暮霭。

那些绚烂的日子，像彩蝶，
现在枉费你摸索追寻，
我仿佛看见你从这间房
到那间，用小手挥逐阴影，
然后，缅想着天外的父亲，
把疲倦的头搁在小小的绣枕。

可是，记着那些幸福的日子，
女儿，记在你幼小的心灵：
你爸爸仍旧会来，像往日，
守护你的梦，守护你的醒。

一九四四年六月二十七日

在天晴了的时候

在天晴了的时候，
该到小径中去走走：
给雨润过的泥路，
一定是凉爽又温柔；
炫耀着新绿的小草，
已一下子洗净了尘垢；
不再胆怯的小白菊，
慢慢地抬起它们的头，
试试寒，试试暖，
然后一瓣瓣地绽透；
抖去水珠的凤蝶儿
在木叶间自在闲游，
把它的饰彩的智慧书页
曝着阳光一开一收。

到小径中去走走吧，

在天晴了的时候：

赤着脚，携着手，

踏着新泥，涉过溪流。

新阳推开了阴霾了，

溪水在温风中晕皱，

看山间移动的暗绿——

云的脚迹——它也在闲游。

一九四四年六月二日

赠　内

空白的诗帖，
幸福的年岁；
因为我苦涩的诗节
只为灾难树里程碑。

即使清丽的词华
也会消失它的光鲜，
恰如你鬓边憔悴的花
映着明媚的朱颜。

不如寂寂地过一世，
受着你光彩的熏沐，
一旦为后人说起时，
但叫人说往昔某人最幸福。

一九四四年六月九日

萧红死后十个月，诗人戴望舒和作家叶灵凤，步行六个小时，来到位于浅水湾的萧红墓，并口占一首《萧红墓畔口占》，表达了自己对萧红的怀念和对时局动荡复杂的心绪。

萧红墓畔口占

走六小时寂寞的长途，
到你头边放一束红山茶，
我等待着，长夜漫漫，
你却卧听着海涛闲话。

一九四四年十一月二十日

① ②

①位于北京香山万安戴望舒公墓。1950年，因哮喘病日益严重，戴望舒听从医生建议做了手术，由于惦记《论人民民主专政》的法文翻译，他提前出院，并给自己打麻黄素针，在家治疗。2月28日上午，因麻黄素剂量使用过大，戴望舒在北京病逝，享年45岁，安葬于北京香山万安公墓。

②戴望舒墓碑简洁朴素，仅有生卒年限和“诗人戴望舒之墓”七个大字，由茅盾题写。卞之琳在悼念文章中说：“望舒的忽然逝世最令我觉得悼惜的是：他在旧社会未能把他的才能好好施展。现在正要为新社会大大施展他的才能，却忽然来不及了。”

偶　成

如果生命的春天重到，
古旧的凝冰都哗哗地解冻，
那时我会再看见灿烂的微笑，
再听见明朗的呼唤——这些迢遥的梦。

这些好东西都决不会消失，
因为一切好东西都永远存在，
它们只是像冰一样凝结，
而有一天会像花一样重开。

一九四五年五月三十一日

朗读者

扫描
二维码
倾听
王杨为你
读诗

张开口，用方言、普通话，或者其他语言，一起读诗，发出内心最朴素的声音……

选读诗篇：
雨巷
狱中题壁
在天晴了的时候
致萤火

诗　抄

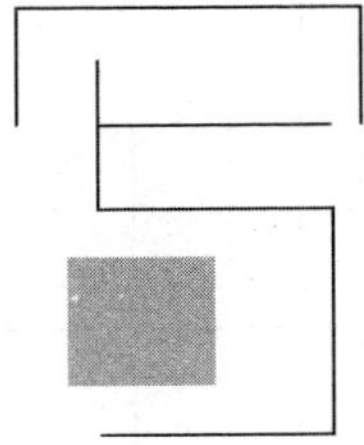

动动手，为自己、为他人、为内心写首诗吧!

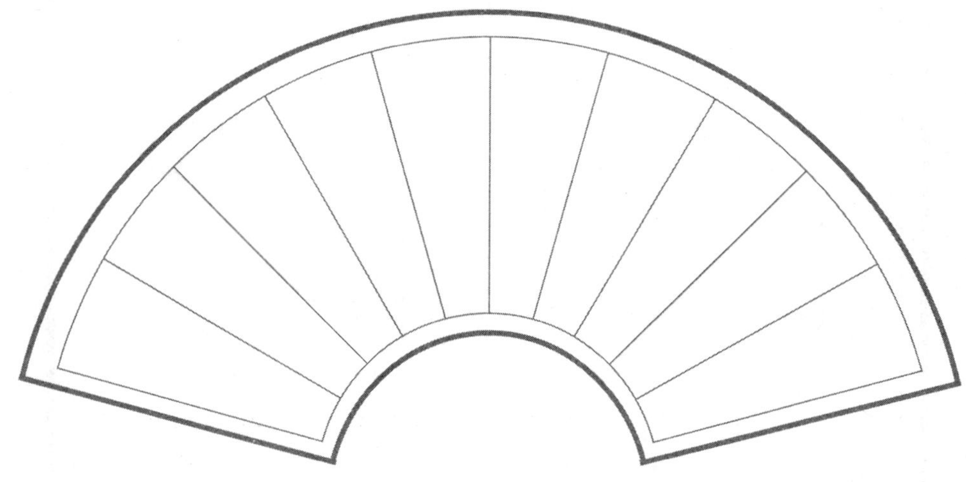

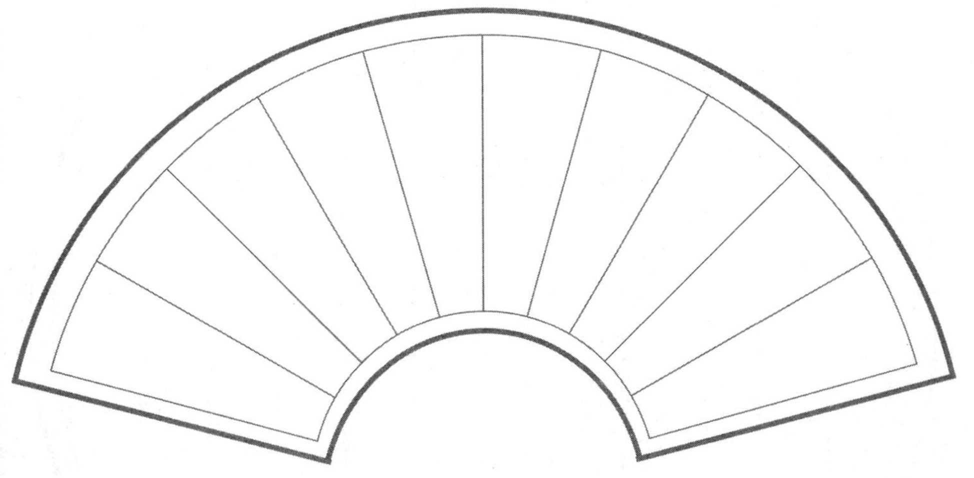

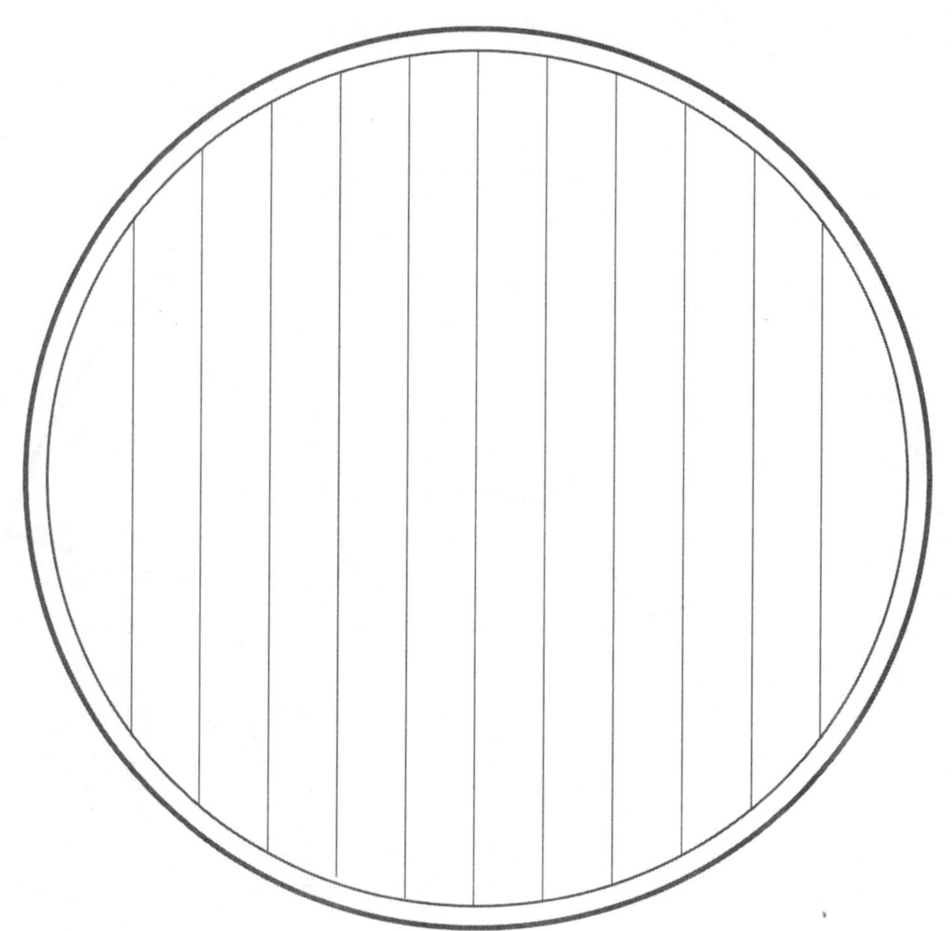

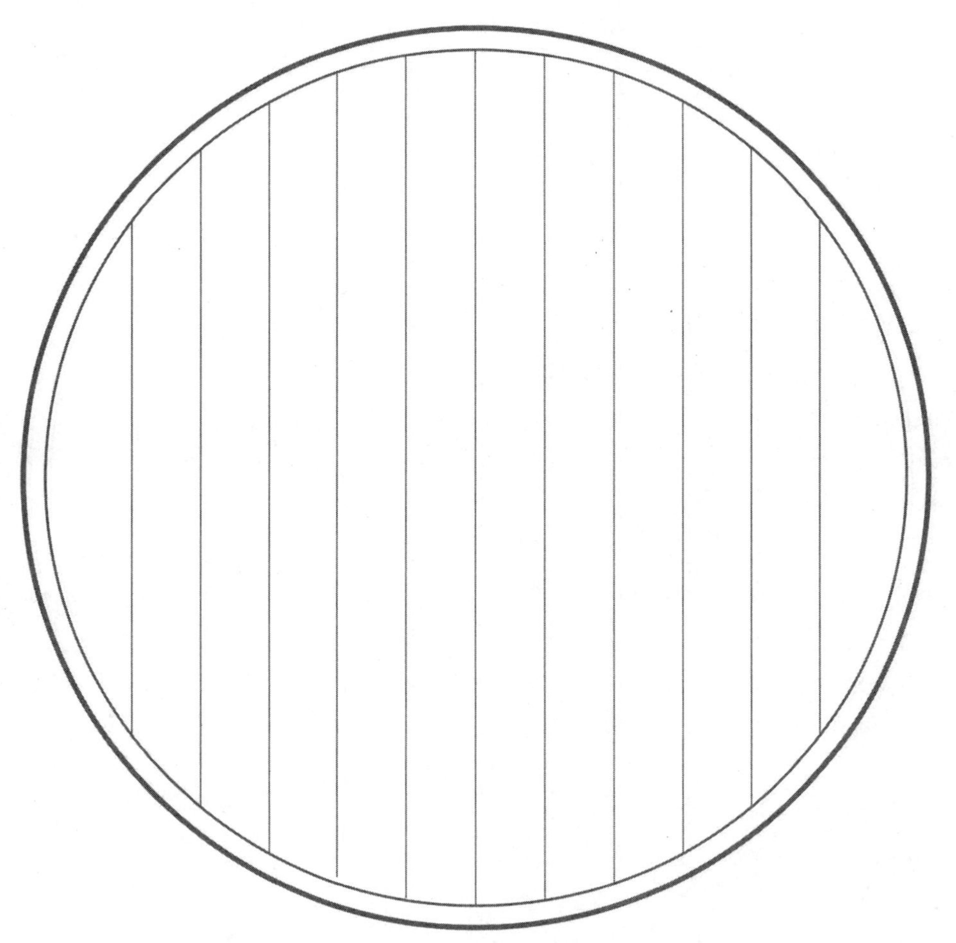

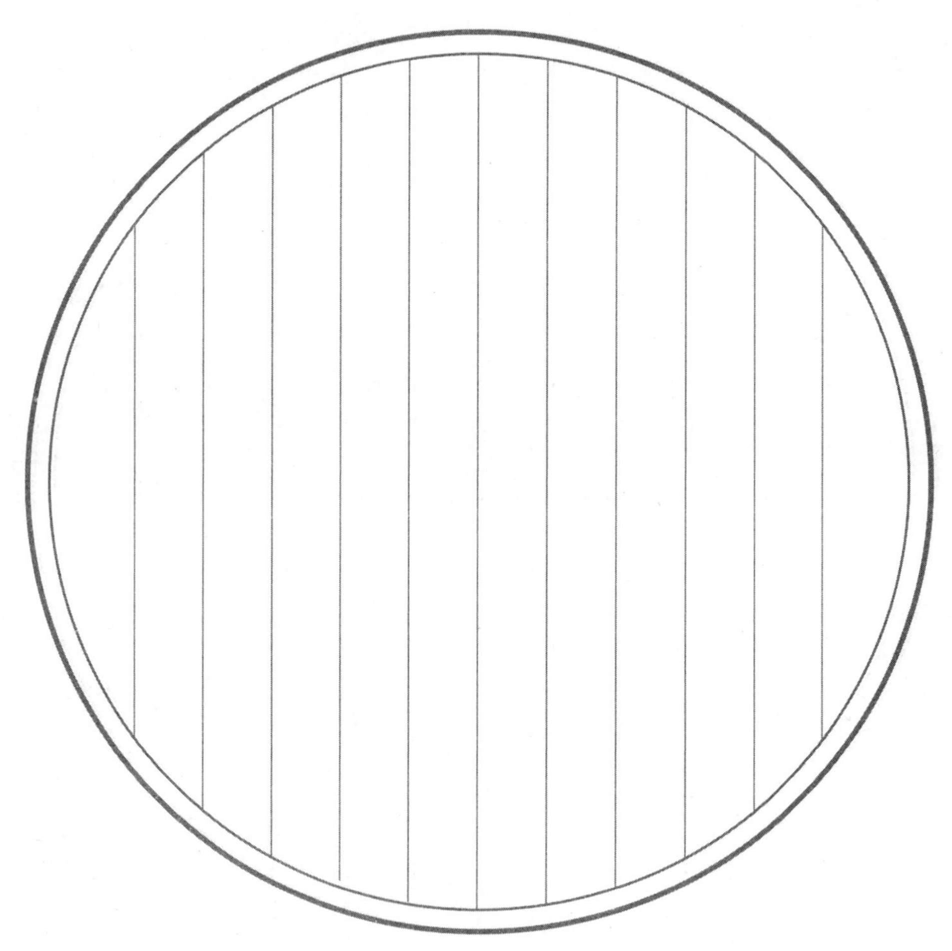